성냥팔이 소녀

J.H CLASSIC 079

성냥팔이 소녀

유성식 시집

지혜

시인의 말

헤아려 보니, 두 번째 시집을 내고 15년이 지났다.

일촌광음一寸光陰이 쌓여 어느덧 첩첩산중疊疊山中이 되고

그 속에서 한동안 길을 잃었다.

잠깐 죽었다 다시 깨어난 느낌이다.

시간이 무섭다.

이렇게 무서운 시간을 시詩에 담았다.

2021년

유성식

차 례

1부 귀신을 보았던가

2부 얼굴은 조각배처럼

3부 장미는 죽지 않는다

4부 돌을 사랑한다는 것

• 일러두기
페이지의 첫줄이 연과 연 사이의 띄어쓰기 줄에 해당할 경우 > 로 표시합니다.

1부

귀신을 보았던가

성냥팔이 소녀는 아직도 성냥을

성냥 사 주세요 성냥
눈보라는 날리고
가로등은 꺼져 가요

성냥 좀 사 주세요 성냥을
예전엔 당신도
누군가의 언 발을 녹여 주었죠.

여름은 뜨거웠고
가을에 우리는 노래 불렀죠

그래도 우린
성냥을 계속 만들었어요
서쪽 하늘이 자꾸 어두워지기 때문에.

성냥 사 주세요
춤추는 성냥
싸우는 성냥
눈물 흘리는 성냥

>

자꾸자꾸 꺼지는 성냥

성냥 좀 사 주세요 성냥을
밤은 깊고
외투는 얼어붙었어요.

이 할미의 한 갑 남은
마지막 성냥이랍니다.

귀신을 보았던가

어렸을 때, 정원 구석 변소에 처녀귀신이 나온다고. 그것은 흰 옷을 입고 머리를 산발하고 나무 그늘에 쪼그려 앉아 슬피 울곤 했다는데. 어느 바람 불던 겨울 밤, 나는 흰 옷자락 펄럭이며 쏜 살같이 정원을 가로지르는 그것을 보았는데. 나뿐 아니라 누나, 동생도 보았는데

나중에 과학을 배우고 보니 귀신이란 건 없다고. 처녀귀신 따 윈 더욱더 없다고, 있더라도 네가 보았을 리 없다고. 보았더라고 기억할 리 없다고, 귀신을 본 사람은, 처녀귀신의 그 핏발 서린 눈을 본 사람은 시름시름 앓다 죽는다는데 네가 보고서 살아남 았을 리 없다고.
그보다 귀신 따윈 원래 없다고.

변소는 이미 허물어져 수세식 화장실로 바뀌었고

그때 내가 본 것은 무엇이었던가, 귀신은 분명 나처럼 겁 많고 슬픈 얼굴이었는데, 어쩌면 나 또래의 어린 여자 아이였을지도 모르는데, 엄마 아빠도 없이 어두운 정원 구석 변소에 숨어 외로 움을 삼키고 있었을 텐데.
내가 본 그것은 지구에 없는 것일까, 없다면 어느 다른 별의 정

원 구석에 쪼그리고 앉아 있었던 것일까

　나는 어느 우주에서 그것을 보았던 것일까.

석관동 340번지 395호

서울시 성북구 석관동
340번지 395호

8번 버스를 타고 찾아가면
이름 모를 개천을 건너
닭털 날리는 시장을 지나
두 팔 벌려 갈라진 골목길이
손짓해 주던 곳.

언덕은 깎여 나가고
버스는 번호판을 바꿔 달고
기억 속의 지도에서 지워진 곳.

기계가 불러주는 대로 따라가면
이름 모를 고가도로를 넘어
낯선 아파트를 지나
두 팔 벌려 갈라진 골목길이
옛 모습과 겹치는 곳.

딩동, 신호음이 종료되면

기억 속의 골목 반대쪽에서
불쑥 나타나는 집.

꿈이었는지 추억이었는지
이제는 서울에 있는 듯 없는 듯한
석관동 340번지 395호

소풍 가는 날 잠에서 깨면
머리맡에 김밥 도시락이 놓이던 곳.

저녁이면 엄마들이 아이들을 부르고
밤이면 변소에 귀신이 도사리던 곳.

꼬마 마녀를 기다리는데

코흘리개 시절
싸리 담장 너머 댕기머리와 단짝이었네.

내가 사랑한다고 했을 때
깔깔깔 웃던 그 아이
나는 꼬마 마녀라고 불렀지.

이삿짐 싸서 울며 떠나던 날
그 애는 말했네

어른이 된 후에도 알아볼 수 있도록
너를 영원히 아이로 남겨 둘 거야

수리수리 마하수리.

세월은 흘러
그 애는 어른이 됐겠지만
나는 아직 어린 아이로 남아 있네.

싸리 담장은

사라진 지 오래지만

본 듯한 얼굴이 지하철에서 스치고 나면
밤마다 칭얼거리듯 혼자 읊어보네

아브라카다브라
아브라카다브라.

효력 없는 외짝 사랑의 주술을.

바다가 더 이상 부르지 않을 때

바다는 오래 전부터
우리에게 손짓해 왔다

갈매기는 노래 부르고
모래는 발가락을 간지럽히고
파도는 너와 같은 처녀들을
설레게 했다

너는 머리에 꽃을 꽂고
해변을 거닐었다.

꽃처럼
너는 시들어 가고

바다는 세월을 먹지 않는다.

낙엽들은
바다로 가지 못하고
마을 언저리에서
조용히 울다 사라진다.

\>

바다가 더 이상
너를 부르지 않을 때
너는 바다와 하나가 된 것이다.

봄은 살랑살랑 가벼웁고
가을은 끝없이 넓다.

쌍무지개

비가 갤 때 나타난다는
쌍무지개 찾아
산으로 들로 뛰어다녔지만
비만 잔뜩 맞고 돌아왔네.

비가 갤 때 나타난다는
쌍무지개
폐지 줍다 비를 피하던 노인이
다리 밑에서 봤다고 하네.

커튼 밖 저 허공

그곳에는 잠자리가 앉아 쉬던
키 작은 맨드라미가 있었다.

풀벌레가 울던 작은 돌틈과
이슬이 맺히던 뾰족한 잔디도 있었다.

달이 뜨면 회양목 그늘에서
달콤한 이끼의 향이 풍기고

바람이 떨어뜨린 작은 소리들은
길고양이들을 덧없이 들뜨게 했다.

28층 아파트 저 베란다 밖
잠 못 이루는 네온사인 불빛 속

팔려버린 유년의 마당이
텅 빈 허공 속에 남아 있다.

내 발자국이 나를 밀어낸다.

나는 이 길을 알고 있다
비에 젖은 비둘기가 위태롭게 날고
상처 입은 여우가 풀숲에 웅크린 채
적막이 모든 공포를 지우기를 기다릴 때부터
이미 이 길은 다가오고 있었다.
이 길은 어릴 적 내가 걸었던 길
어둠 속에서 솔잎이 눈동자처럼 반짝이며
산굽이에 점점이 찍힌 발자국을 비추는 동안
굴참나무의 썩어가는 등걸 뒤에 가만히 숨어
나는 앞서 간 사람들의 이야기를 들었다.
소리는 나직했지만
난 느끼고 있었다
그들의 이야기가 곧 나의 이야기임을.
이제 나는 등이 굽고
손에는 힘없고 거친 마디만이 남아 있다.
얇아진 어깨에 곡괭이 하나 메고
산허리를 천천히 오르노라면
어느새 석양은 허리춤까지 다가오고
민들레와 엉겅퀴 잎 사이사이에 묻은
내 어린 날의 흔적들을

나는 눈물을 흘리지 않고도 읽을 수 있다.

도깨비불이 밝아질수록

어둠은 나를 손짓해 부르고

다시 한 번 이 길은 내게

사라진 제비와 돌이 된 사람들과

내 아버지의 이야기를 하려 한다.

나는 알고 있다. 이 길이 다시 내 앞에 나타나

폭포수처럼 우뚝 서

모든 시간을 땅 속으로 흘려보낼 때

나 역시 굴참나무 등걸에 흔적을 남긴 한 사람이 되리라고.

그리고 내 흔적에서 벚나무의 독한 향기가 스며나와

어떤 벌레도 다가오지 못할 것이라고.

그런 생각이 내 뇌리를 사로잡으면

나는 더 이상 걸음을 떼지 못한다.

하지만 내 발자국이 나를 계속

앞으로 밀어낸다.

해피 에브리데이

어머니, 생신 축하드려요
해피 버스데이―

　　고맙네, 얘들은 누구야?

할머니, 해피 버스데이 투 유

　　누구 소풍날이냐?

자신의 생일 기억 못하고
머리에 꽃 꽂고 아이처럼 춤추시는
봄, 처녀 내 어머니,

지갑 속 해묵은 동전 몇 닢이
짤랑거리며 행복을 노래하는데

　　어야, 내 새 모자 어떠냐?

어머니, 요즘엔 매일매일 새로우시네,
해피 버스데이가 아니라

해피 에브리데이- 해야겠어요.

에브리가 누구 생일이냐?

매일매일 행복하세요
눈물 쏙 나도록

HAPPY EVERYDAY.

생각하는 옥상이 있었다

생각하는 옥상이
하나 있었다.

달빛에 벌레들을 키우고
햇빛에 잡초들을 키우고
별빛 아래
가난한 연인들의 밀어를 지켜 주고

옥상은 더 키가 커질 꿈에
가슴이 부풀었다

시간이 흘러
벽에는 금이 가고
석회칠이 벗겨져 날리기 시작했다

어느 절망한 청춘이
옥탑 아래 몸을 던지고
치매 노인이 며느리의 머리채를
휘어잡을 때

\>

옥상은 가을비 속에
조금씩 눈물을 흘려보냈다

번개탄을 피워 낸 가족이
마지막 몸부림을 칠 때

옥상은 스스로 무너져 버리기로 결심했다.

온 세상이 뒤틀리는 소리와 함께
자신의 시간이 마무리되려는 순간
옥상은 깨달았다.

자신보다 키 큰 옥상이
이미 자라나고 있다는 것을.

벗어날 수 있을까

꿈속에서 누군가 돌을 던진 것 같은
밤의 미묘한 파동

달빛으로 창백한 거실
오래 전 멈춘 뻐꾸기 시계에서
나지막한 한숨 소리 들린다

이제 그만 나가고 싶어

열어 보니 목각 뻐꾸기가 있던 자리에는
죽은 벌레와 먼지 뭉치뿐

아버지가 앉으셨던 가죽의자에도
켜켜이 먼지만이 뽀얗다.

지난 세기를 기억하고 있을
느리고 거대한 시간

그것에 짓눌려 버둥거렸는지
이부자리가 어지럽다.

\>

나무 뻐꾸기도 창밖으로 던지면
날아갈 수 있을까

이 몸 밖에 있는 그 무엇이
나는 알고 싶다.

목련이 피던 날

목련이 피던 날
아버지는 꽃단장을 하셨다

벽제로 가는 마을 담장 밖으로
목련이 아기처럼 활짝 웃던 날
기어이 버선발로 나들이를 가셨다.

목련의 얼굴은 하얗고
발은 땅 속에 감추었다

하얀 꽃이 시커멓게 지고
내 손가락처럼 뭉툭한 가지에
새 순이 돋을 때

나는 빈손으로 돌아왔다.

흙에 발자국이 찍힐 때마다
쌉싸름한 엽전과 구수한 향초의 냄새가 풍겼다

아버지는 돌아오지 않으셨다.

>

어린 시절의 그 언덕길 어딘가로 날아간
목련의 꽃잎들을 따라
아버지의 버선발은
분주히 춤을 추고 있을 터이다

하얀 꽃잎은
그 해 겨울 아무도 모르는 밤
굵은 눈송이로 지붕을 뒤덮었다.

잎이 돋기 전 꽃이 먼저 피어
목련은 성급한 꽃이라고들 했다.

내 몸에서 자라나는 그것과 함께

아픔을 알기 전
너는 그저 불안에 젖은
한 줌의 살덩어리에 불과했다

아픔도 노래가 될 수 있음을 알고부터
너는 내 몸의 일부가 되었다.

나와 마찬가지로
아플수록
더 단단해지고

외로우면
너는 내 핏줄에 뿌리를 박고 속삭인다
이브에게 속삭였던 뱀보다 더 독하게.

그렇게 너는 자라고
나는 비우면서

일 초, 일 초
주머니 속의 시간을

발자국마다 내려놓았다.

황금의 석양이
하늘의 그림자 속에 잠들면
불꽃의 끝에 돋는 얼음처럼
너는 내 슬픔도 지배하리라.

운명은 누구의 것도 아닌 것

둘이 합쳐 하나가 되는
궁극의 소실점까지,
밤의 끝에 불 피우고
너를 기다린다.

이제 너를 종양이리 부르지 않는다
내가 오롯이 품어 낸 한 덩어리 작은 우주

고운 아가,
지금 이 순간 너는
영혼보다도 나와 가깝다.

어디선가 무슨 일인가

밤
깊은
커튼 틈으로 들어오는 도시의 불빛.

차갑게 식어가는
커피 한 잔.

몇 년 후면 늙어 죽을
고양이 한 마리.

그 후 늙어 죽을
주인 남자.

그 전에 부수고 다시 세울
월세 아파트.

가로등 빛이 방랑자처럼
푸르스름한 공간을 떠돌고

부모님의 영정에는

달빛이 찬다.

주인 남자가 숨을 고르면
째깍째깍 시계도 진동을 멈추고

멈춘 시간도
무엇엔가 귀를 기울인다.

아무도 듣지 못하지만
그들은 안다 그들은

고양이도 사람도

어디선가 무슨 일인가
일어나고 있다.

지구가 얼어붙듯 조금씩
그러다 한꺼번에

후회도 미련도 의미 없이

벽을 아무리 두드려도 소용없듯이.

냉장고에도 은행 계좌에도
아무 이상 없는데,

어디선가 무슨 일인가
아무도 몰래 다가오고 있다.

2부

얼굴은 조각배처럼

얼굴

얼굴 찡그리지 마라
그랬다간 우주에 주름이 잡힌다

우리 이마 위의 고요한 바다에서
조각배는 먼 길을 떠난다

너를 그리는 방법

내가 너를 그렸다

하얀 도화지 위에
혹은 낙서 가득한 담벼락에

손가락으로
혹은 금가루를 섞은 물감으로

내가 너를 그렸다

눈 코 입, 두 개의 귀
하나쯤 모자라도 좋다

슬픔도 기쁨도
돌아보면 고작 점 하나.

이 점 하나에서
너는 듣고 너는 말한다.

무덤이란 그저

그리다 지운 흔적일 뿐

지우고 또 그리면
멈추는 곳에 네가 있다.

이렇게 그리는 중일 뿐

너는 아프지 않다
아프지 않다

너는 그대로 족하다.

얼굴 대신 새를

얼굴 대신 새를
목 위에 올려놓고
노인은 거리로 나섰다.

모자는 장롱에 처박고
가방은 벗어던지고

새가 바람을 맞으니
사람의 기분이 상쾌하다.

쪼글쪼글한 얼굴이여
이젠 안녕.

도시의 바람을 맞은 새는
이륙하는 비행기처럼 날개를 파닥거린다.

당신의 새가 날개를 잘 치는군요,
날아가지 못하도록
잘 붙잡고 있어야겠어요.

>

노인은 새를 꼭 붙잡은 채
지하철을 타고 찻집에 가고
온 하루를 보냈다.

집에 돌아와 거울을 보니
새는
주름살로 범벅이 된 채
꾸벅꾸벅 졸고 있었다.

나를 창조하려다

눈 두 개
귀 두 개
입 하나 코 하나
부리부리한 눈썹 두 개

거기서 하나를 빼 보니

나는 괴물이 되어 버렸다.

다시 다시

눈 두 개
귀 두 개
입 하나 코 하나

거기에 하나를 더해 보니
다른 모양이 괴물이 되어 버렸다.

내 얼굴인데
하나도 더할 수도 뺄 수도 없다.

결국 주름살 몇 개를 그려 넣었다.

얼굴을 보려는가 1

보려 하지 마라
그것은 거대한 허공
온 밤내 속삭였다 새벽이면 사라지는
달콤한 미혹迷惑의 허깨비

이미 지워진 발자국을
덧없이 밟아 보는 것과 마찬가지니.

눈을 감아도 보이는 것
마음은 그곳에 머문다.

돌아보지 마라
문은 등 뒤에서 닫히고
발은 제 갈 길로 간다.

얼굴을 보려는가 2

눈을 감아라
얼굴은 조각배처럼
파도 위를 떠다닌다.

눈을 감아라
항구를 떠나야
배는 항해를 시작한다.

잠이 깨어 하늘을 보니

흐릿한 구름, 점점이 불 꺼지는 도시의
스카이라인을 따라
끼룩끼룩
끈 떨어진 연 하나가
날아가고 있다.

가만 보니 그것은
연이 아니다.

눈에는 커다란 구멍이 뚫려 있고
찢어진 두 귀는 추운 듯
바람에 떨고 있는…
그것은 어젯밤 자기 전에 벗어놓은
내 얼굴이다.

울지도, 화를 내지도 않고
그것은 종이 같은 표정으로
지붕과 안테나를 지나
별들 사이에 박혀 버린다.

>

나를 떠난 행운과 사람들
모두 모두 버리고

날아가는 게 이렇게 쉽다.

이렇게 사람들은 알게 모르게
얼굴을 하늘로 보내는 구나.

저 멀리 떨어지는 별똥별 하나…

무엇이 아쉬워
결국 다 놓고 가지 못하고
저렇게 되돌아오는가.

거울

자꾸 보면 낯설어진다
눈 두 개
코 하나 입 하나

자세히 볼수록 낯설다
잔주름이 생겨 그런가

어렸을 때 떠나보낸 동생
눈매가 닮았다고 한다

살수록 말이 많아져
생각이 많아져
점점 멀어져 가나

남처럼 낯설어 보이는 얼굴
한참 더 보니
낯익은 얼굴이 겹친다.

아버지 어머니

어디 계시는지.

너는

시간
그것은 가는 것인가 가지 않는 것인가

가도 되돌아오는 것은
가는 것인가 가지 않는 것인가

너는
죽는 것인가 죽지 않는 것인가

되돌아오지 않을 너
발자국은 남길 것인가

키스는 남길 것인가, 함께 마신 독배는, 몸에 돋은 칼자국은
몸부림의 흔적, 피투성이의 눈동자는

첫 키스의 추억은.

너는
시간을 품고 가라

>
　나는 잊어도 좋다
　시간을 꼭 품에 안고 가라.

　그리하여 돌아오라.
　내가 없더라도
　내가 쌓아 둔 돌 틈으로.

자신의 얼굴은

마흔 살이 넘으면
자기 얼굴을 책임져야 한다고
어느 수염 잘 기른 남자*가 말했다.

그래, 마흔이 넘었으니
웃으며 살자,

거울을 보는데
웃는 내 얼굴이 징그럽고
영 자연스럽지 않다

우리는 모두
슬픔을 안고 태어나서 그렇다
할아버지가 말씀하셨다.

그래서 그 마흔 살이 넘은 남자는
자신의 표정보다
수염을 다듬었나 보다.

* 미국 대통령 링컨을 말한다.

고양이의 시간은 나와는 다르다

고양이가 눈을
감았다 뜬다
눈 깜빡할 사이…

녀석의 시간은 사람의 시간보다
10배 빨리 흘러간다.

고양이가 눈을 감았다 뜬다.
오, 자꾸 눈을 감지 말아라,

바람 같다 너와의 인연.

고양이가 눈을 깜빡거린다
나에게 무엇을 묻고 있는가?

저 언덕 너머
아니면
지나간 그 어떤 것을.

눈물 흘리며 찾아다녔던

번개와 무지개와 황홀경을.

눈을 깜빡이고 나면
고양이는 어디론가 사라진다.

고양이는 오후면 열반에 들어가신다

사료를 배불리 먹고는
탁자 밑에 길게 누워
하품하는 고양이

내일도 없다
꿈도 없다

날카로운 송곳니가
게으른 혓바닥 뒤로
후루룩 숨어드는 순간

녀석의 비밀이 드러난다.

어떤 고뇌도 허용하지 않는
저 열반의 아타락시아.

어떤 창도 뚫을 수 없는
하오의 낮잠.

고양이와 사는 것은 숨바꼭질

어디 숨었나
꼬랑지도 보이지 않네

어디 숨었나
눈 깜빡이며

어디 숨었나
녀석은 나를 알고 있는데.

배 떠나간다.

저 배 떠나간다
저 배 잡지 마라

저 배 떠나간다
무엇을 싣고 떠나는가

떠꺼머리 사내
손톱 깨물던 순정
어린 시절 떠난 누이
열꽃 핀 얼굴이 실렸나

잡지 마라 저 배,
새로운 배가 들어온다.

밤하늘

죽어도
저 곳에 묻힐 리 없다
이미 떠나온 고향이기에.

달은 하늘에 있는 것이 아니다
우리 옆
허공에 있다.

3부

장미는 죽지 않는다

장미는 죽는가

장맛비가 쏟아지자
하늘에서
꽃잎들이 우수수 떨어진다.

붉은 입술처럼…

부끄러움을 모르는
혼자만의 성감대

봄바람에 성급히 달아올랐던
5월의 장미

제 죽는 것을 감추고
살구처럼 배시시 웃으면서
행인들의 발치에
온 몸을 내던진다.

세련되고 음란한
저 우주의 비밀…

\>

순진한 지구는 아무 것도 모른 채
떨어진 입술들을 품는다.

장미를 만지다

장미를 만지다 생각해 본다.
길고 구불구불하고 날카로운…
이 꽃이 뱀이었다면
제 두 갈래 혓바닥으로 이브를 꼬여내지 않았을 것이다.
우리는 죄인의 후손이 되지 않았을 것이다.

장미를 만지다 생각한다.
장미가 지팡이라면
노인들이 길에서 춤을 출 것이다.
장미가 총이라면
전쟁이 일어나도 사람들이 죽지 않을 것이다.

장미를 만지면서 장미를 만지면서 생각한다. 이 장미가 돈이
라면, 돈에서 향기 나는 세상이 될 것이다. 사람들은 정원에 돈
을 가꾸고, 돈에게 노래를 지어 바칠 것이다. 훔친 돈은 곧 썩어
버릴 것이다.

만약 장미가 악인 중의 악인 범죄자 중의 범죄자가 된다면
악행도 詩가 될 것이다.

> 악인의 혀끝에서도 고귀한 詩가 빚어져
가난한 뒷골목을 축복할 것이다.

오, 동해물과 백두산이 마르고 닳도록…

장미는 잠든 폭풍처럼
작은 병 안에서 머문다.

낡은 주점 꽃병 속
담배 연기에 찌든 장미 한 송이를
머리에 꽂고 골목으로 나선다.

우주 하나를 제자리로 옮긴다.

버건디 레드

너의 색깔은 버건디 레드야.
그냥 레드가 아냐, 네가 우기지만 않았어도
난 블랙이 섞였다고 지적하진 않았을 거야.
모두 그랬어…
네 입술도
머리핀도 스카프도
토요일 밤을 달궜던 하이 힐도.
넌 피의 색깔이라고 했지만
살아 흐르는 피의 색깔과는 다른 거야.
넌 온통
네 이마에 드리워진 그 검은 잎들이 연주하던
불멸과 죽음의 불가해한 변주에 사로잡혀 있었던 거야.
향기 나는 베개처럼
너는 포근했고
술이 흐르는 혈관처럼
너는 뜨거웠고
판도라의 상자에서 튀쳐나온 전염병처럼
너는 위험했어.
그랬겠지, 18층 옥상이 주는 공포도
넌 탱고 스텝을 밟으며 이겨내려 했을 거야.

그랬겠지. 햇빛이 널 또 취하게 했던 거야, 네 마지막 스텝은
해에게 바쳐진 이카로스의 날개⋯
그래, 너는 주황빛 혓바닥과 같은
— 네가 숭배했던 것들 가운데 유일하게 버건디 레드가 아닌
해에게로 갔고
텅 빈 판도라의 상자에서는
이제 낙엽만 우수수 떨어지고
나는 소금기둥으로 남았어.
북북 그은 상처가 결코 아물지도 덧나지도 않을 소금의 투명
한 거울
거기 네 얼굴을 비춰 줄게.
영원히 남을 거야.
비어 있는 네 판도라의 상자,
거기다 파랑새를 넣고
실크로 날개를 입혀 줄 거야.
버건디 레드 주둥이를 가진
파랑새.

율려律呂

시계불알이
아이를 낳을 수 없다는 것은 이미 알려져 있는 일이다.

아무리 왕복해도 아무런 것도 잉태할 수 없는
불임의 알…

사람들은 그저 하릴없이 왔다 갔다 하며
시간만 축내는 줄 알지만

그것이 진동하지 않았다면
우주는 애초부터
아무런 변화도 없었을 것이다.

째깍째깍
그것이 움직이지 않았다면
바람도 불지 않았고
공룡도 날지 않았고

저 천상의 고원에서
어떤 빛도 내려오지 않았을 것이다.

>

그것은 모두 보고 있었다.
프로메테우스가 불을 훔치고
화산재가 도시를 파묻고
원자폭탄이 인간을 불태울 때

모두가 자신의 속도를 잃어버렸을 때
오직 그것만이 자신의 속도로 움직이고 있었다.

그러니 두렵다.
저것이 멈출 때
모든 것이 끝나 버리지 않겠는가.

방마다 하나씩 벽시계를 걸어 둔다.
째깍째깍

태엽을 감을 때
살아 있음을 느낀다.

죽기 전에 레드

천고마비―
왜 하늘은 항상 푸른 색이란 말인가,

블루 블루―
때로는 우울한
긍정도 부정도 아닌
미지근한 색깔

왜 우주는
레드나 블랙은 안 된다는 말이냐,

그러면 온 세상을
레드로 덧칠해 보자.

하늘도 레드 땅도 레드

노인은 버건디 레드
젊은이는 핑크 레드
아이들은 제 맘대로

\>

집도 레드

아들도 딸도 레드

죽기 전에 레드.

그리하여 마지막에는

온통 블랙으로 먹칠을.

발자국

보름달에는 아직도 내 발자국이 남아 있었다. 정월 초하루에 내가 찍은 것이다. 내 발자국이 찍힌 보름달은 뺨을 한 대 맞은 것처럼 붉었다.

우주에서 손바닥 같은 단풍잎 한 장이 날아왔다. 낙엽이 떨어진 자리에는 생채기 하나 남지 않았다. 올해도 이렇게 지나가나 보다. 분명 달이 횡단보도에 떨어졌을 텐데 아무리 찾아봐도 없었다. 신발 바닥에서 물을 털고 단풍잎을 호주머니에 넣었다.

돌아와 보니 냉장고 속에 보름달이 있었다.

우울과 우울이

　길모퉁이를 돌던 우울이 또다른 우울과 가볍게, 부딪친다. 고개를 까딱 숙여 인사하고 헤어지는, 안개와 아지랭이의 저녁. 만남은 가벼운 것. 우울은 햄버거가 소화되지 않는 표정인지, 아랫배를 쓰다듬고 가볍게 트림을 한다. 아랫배를 아무리 쓰다듬어도 기분은 좋아지지 않는다. 우울은 아무 것도 먹지 않으며 겨울을 지낸다. 우울을 언제 보았던가, 나는 햄버거를 씹으며 우울과 밤을 보냈던 기억을 되새김질한다. 책갈피 몇 개가 넘어간다. 어쩌면 이것은 하루가 아닌지도 모른다. 우울은 어제가 지났는지도 모르면서 철없이 가던 길을 되돌아간다.

　우울과 우울이 부딪친다. 모퉁이를 돌면 우울이 지나간 자리에 또다른 작은 우울이 생겨난다.

　우울이 모여서 우물이 된다.

가을

낙엽 하나가 떨어졌다. 낙엽이 내려온 곳을 올려다보니 가지에는 아무 것도 남아 있지 않았다. 이 사소한, 반복되는 일의 공허함.

가을에는 아무 것도 남지 않았고
영혼은 되돌아오지 않는다.

저녁 햇살 속 떨어지는 낙엽이

하늘에서 길을 잘못 들었나
길 잃은 황금빛
비단금침

이를 모를 발길에 밟혀
아프다 말도 않고
곱게 바스라지네

잎새

가을의 마지막 날까지
기다리고 있는가

떨어져라

그래야 대지가 너를 받아준다.

4부

돌을 사랑한다는 것

길모퉁이

더 이상 가지 마라
그것을 돌아가면
상상할 수 없는 것과 마주칠 것이니.

조화造花

나를 가짜라 부르지 마라
나는 너희들 못지않게 아름답다

내게 향기가 없다 하지 마라.
나는 너희들처럼 악취를 풍기지 않는다.

꽃집 아가씨

저 꽃집의 아가씨는
예전처럼 복숭아 같은 가슴에
라일락 향기를 풍기지 않을 것이다

이제는 없어진 그 꽃집 부근
어디에선가
가마솥 같은 풍만한 가슴에
추억의 양식들을 주워 담고 있을 것이다

저 꽃집을 바라보던 사내는
예전처럼 계속 기다리지 않는다

가죽 주머니로 변해 버린 쪼글쪼글한 몸에
수시로 바람을 채우며
분주하게 하루를 보낸다

어리석은 구름들이 꽃처럼 피고 지고
황금의 강물은 다 흘러갔는가

더 이상 말할 필요가 없게 된 순간

저 꽃집의 여인은
이제 더 이상 꽃집의 아가씨가 아니다.

가죽 주머니의 사내는
바스락바스락
자신의 주머니에서 바람을 빼내고

어디론가 떠난다

야생마를 타고 달리다
이슬을 맞은 새벽처럼

어지러운 발자국에는
꽃향기만 남기고.

말없이

바람만 서성이는 버스 정거장
조각 빛이 부서지는 벤치 한 모퉁이.

외로운 가죽 주머니 하나
누군가 벗어 놓고
날아간다.

저기 저기
날개가 젖은 기러기 무리의
비어 있는 틈 사이.
말없는 가을이 되어.

진눈깨비에도 젖지 않는
벤치 한 구석,
저리 뜨거운 인연이 남아 있는데
바람은 이미
어떤 탈것보다 빠르게 지나갔다.

날아간다.

\>

저기 저기 젖은 밤의 물결 속
보이지 않는 기러기 한 마리

보이는가.

보일러의 에로스를 버리지 말라

가끔씩 헛돈다는 이유만으로
아내는 보일러를 바꿔 버렸다

아직 건장한 몸뚱이에
팔다리도 멀쩡히 붙어 있는 보일러가
교통사고 환자처럼
캐리어에 실려 나갔다.

태어나자마자 노동을 시작해
추우면 추운 대로 더우면 더운 대로
쉼 없이 물을 돌리면서
남의 온도만 맞춰 주던
저 오즈Oz의 심장.

정작 자신을 위해
한 번도 화끈하게 타올라보지 못한
억울한 정열은

산신이 분해돼
바닥 모를 매립지로 떠나갔다.

\>

바닥이나 빨리 쓸어,
아내의 말 한 마디에
나도 모르게 대꾸했다.

넌 재처럼 누구를 따뜻하게 해 줘 봤어?

돌을 사랑한다는 것

돌을 사랑하는 것은 좋은 일이다.
움직이지 않으니까
변하지 않으니까

온종일 죽은 꽃잎을 던지며 놀다
저녁이면 나는 불러 모은다
성냥팔이 소녀와 성난 꽃과 얼음의 여왕과
가을에 죽은 귀뚜라미들을

그들은 입을 모아 이야기한다
더 이상 부서질 것이 없어.

그들의 조각난 사랑 이야기를 들으며
돌을 던지고 떠난 여인의
뒷모습을 떠올린다

모두가 돌을 던지고 떠난다.

부서질 것조차 없을 때
돌을 사랑하지 않고 어찌 할 것인가.

＞

돌을 사랑하는 것은 좋은 일이다
아무 것도 아닌 것을
백지 위에 올려놓는 것처럼

살아서
죽음을 이야기하는 것처럼.

상가喪家에서

친구 상가에서
음식을 날라주는 상주喪主 부인이
너무 예쁘다는 생각에
'제수씨, 탕국이 맛있네요, 하나 더 주세요'
'소주 한 병만 더 주세요'
먹어도 취하지는 않고
손님들은 하나 둘 자리를 뜨는데
멀리 흘낏 바라보니
영정 속의 근엄한 시어머니
'예끼 이놈' 하면서 나를 흘겨보시는 것 같아
엉겁결에 일어나 신발을 고쳐 신는 순간
'옷 바꿔입으셨네요'
윗도리를 건네주는 제수씨 손 끝에
눈물 한 점 묻어 있는 것이
그렇게도 고울 수 없어.

바쁘다

폐지가 가득 담긴 손수레
삶의 무게보다 더해 보이는
짐을 끌고 가는 노인

내리막길을 버티는 팔뚝에는
땀에 찌든 잔주름이
해골 문신처럼 번뜩이고

잔주름 밑의 앙상한 근육들은
해질녘의 물고기처럼
바쁘게 움직인다.

갈 길이 멀기 때문인가
날이 저물기 때문인가

비탈길

중력이 이끄는 길이지만
노인의 온 몸의 근육은
시간의 부름에 저항한다.

바쁘게.

내 가방 속에 고양이가

내 가방 속에 고양이 한 마리가 들어 있다.
고양이를 내가 넣은 것이 아니다.
고양이가 스스로 들어간 것도 아니다.
고양이는 원래 가방 속에서 살고 있었다.
가방 속에서 사료를 먹고 털을 핥고 똥을 누고 눈 똥을 모래에
파묻는다.
언제부턴가 고양이들은 이렇게 가방 속에서 살기 시작했다.
차에 깔릴 염려도 개에게 쫓길 염려도 없다.
시끄럽게 짖지도 이웃집 아이를 물지도 않는다.
항상 주인 엉덩이 곁에 달라붙어 주인의 움직임을 느낀다.
주인이 무얼 먹는지, 뭘 하는지
애인보다도 잘 알고 있다.
간혹 발정기 때 사람처럼 울어 자신이 살아 있음을 알려줄 뿐
조용하게, 정말 조용하게
한 생애를 그렇게 살다 간다.

어제는 왕따 당한 중학생이 아파트 옥상에서 뛰어내렸고
그제는 여대생이 아파트 앞 반지하에서 겁탈당했다.

머지않아 사람이 고양이 가방 속에서 살게 될지도 모른다.

바퀴벌레 일가가 냉장고로 들어간 이유는

언제부턴가 바퀴벌레들은
자신이 빌붙어 살고 있던 집의
비밀을
모두 알게 되었다.

방부제 섞인 음식을 훔쳐 먹으니
목숨이 길어지고

쪼아 먹을 새도 없고 쥐도 없고
불로장생이 헛된 꿈만은 아니로다.

그래, 영생이 눈앞에 있다
비결은 저 냉장고 속에 있었다.

그리하여 어느 더운 여름날
바퀴벌레 일가는
줄을 지어 냉장고로
들어가 버렸다.

너에게 달을 보낸다

그날* 새벽, 닭들은 침묵했고 가로등들이 대신 울었다. 대문을 열자 노란 국화들이 피어올랐고 하늘에는 검은 머리칼들이 흔들리고 있었다. 비몽사몽 든 찻잔에서는 모래가 주르르 흘렀고 고속버스를 따라 불 꺼진 신호등이 달렸다. 발자국에서는 잡초들이 고개를 들었고 엘리베이터가 열리면 우물이 입을 벌렸다.

말을 하려 하면 입에서 피가 흘렀다.

사람인지 유령인지 모를 그림자들이 나를 바라보고

이제 너는 스마트폰 속 사각 이미지로만 남아 있다.

어떤 전화기로도 너에게 말을 할 수가 없다.

모두의 입에서는 바람만이 나왔다.

너에게 보낼 것이 없구나.

너에게 저 달을 보낸다.

항상 우리에게 얼굴을 보이는.

* 요절한 젊은 후배의 부음을 들은 날.

우주의 상상력과 자랑스러운 얼굴

권 온 문학평론가

우주의 상상력과 자랑스러운 얼굴

권　온 문학평론가

　　시의 본질을 이루는 요소들은 다양하다. 유성식의 시를 견고하게 떠받치는 요소들 중에는 반복이라는 이름의 대리석 기둥이 있다. 아돌프 히틀러Adolf Hitler는 "오직 끊임없는 반복만이 군중의 기억에 어떤 생각을 각인하는데 최종적으로 성공할 것이다 Only constant repetition will finally succeed in imprinting an idea on the memory of the crowd."라고 이야기한 바 있다. 히틀러의 언급에 동의한다면 시에서의 반복은 독자들의 마음에 유의미한 생각을 주입할 수 있다. 시인이 조성하는 반복의 기법은 독자들의 기억에 새롭고 낯선 인상을 심게 되는데 유성식의 경우도 그러하다. 구체적인 작품 속에서 반복을 또 그것과 짝을 이루어 출현하는 변주를 확인해 보자.

　　성냥 사 주세요 성냥
　　눈보라는 날리고

가로등은 꺼져 가요

성냥 좀 사 주세요 성냥을
예전엔 당신도
누군가의 언 발을 녹여 주었죠

여름은 뜨거웠고
가을에 우리는 노래 불렀죠

그래도 우린
성냥을 계속 만들었어요
서쪽 하늘이 자꾸 어두워지기 때문에

성냥 사 주세요
춤추는 성냥
싸우는 성냥
눈물 흘리는 성냥

자꾸자꾸 꺼지는 성냥

성냥 좀 사 주세요 성냥을
밤은 깊고
외투는 얼어붙었어요

이 할미의 한 갑 남은

마지막 성냥이랍니다.

　　　—「성냥팔이 소녀는 아직도 성냥을」전문

　덴마크 작가 안데르센Andersen의 소설「성냥팔이 소녀The Lit-tle Match Girl」는 세계적으로 널리 알려진 작품이다. 「성냥팔이 소녀」는 소설이라는 장르에만 국한되지 않는다. 그것은 동화로, 애니메이션으로, 영화로 제 영역을 확장하고 심화한다. 유성식은 이번에「성냥팔이 소녀」를 시로 형상화하였다. 시인은 전8연으로 구성된 이 작품에서 반복과 변주의 기법을 적극적으로 도입한다. 1연 1행 "성냥 사 주세요 성냥"과 2연 1행 "성냥 좀 사 주세요 성냥을"은 일차적으로는 반복의 관계에 놓이지만 동시에 "좀"과 "을"의 차이에 의한 변주를 실천한다.

　안데르센의 소설에서 그러하듯이 이 시에서도 성냥을 파는 주체는 당연히 "소녀"이다. 8연 1행에서 유성식의 개성적인 상상력은 "소녀"를 "할미"로 전환한다. "성냥팔이 소녀는 아직도 성냥을" 팔다가 마침내 "할미"가 되었다는 시인의 환상은 놀랍다. 그는 성냥을 파는 "소녀" 또는 "할미"와 성냥을 사는 "당신"을 그러모아서 "우리"로 통합한다. "우리"가 함께 나눈 시간은 "여름"이자 "가을"이고 '겨울'이다. 여름과 가을이 과거를 가리킨다면 겨울은 현재를 드러낸다. 유성식은 과거를 다루면서 기억이나 회상을 활용하여 "성냥팔이 소녀"라는 환상에 도달한다. 시인이 포착한 현재는 "할미"라는 이름의 현실을 포착한다.

　"춤추는 성냥", "싸우는 성냥", "눈물 흘리는 성냥" 등 일련의 어구를 보면 '성냥'의 속성을 확인할 수 있다. 성냥은 인간이고 인간관계이다. 그것은 또한 삶이자 인생이다. 유성식의 이 시는 과거와 현재를 섞고, 현실과 환상의 조화를 꿈꾼다. 프로이트 Freud가 언급한 Unheimlich 또는 uncanny의 세계가 여기에서 되살아난다. 친숙하면서도 낯설고, 낯익으면서도 두려운 세계를 확인할 때이다.

얼굴 찡그리지 마라
그랬다간 우주에 주름이 잡힌다.

우리 이마 위의 고요한 바다에서
조각배는 먼 길을 떠난다
— 「얼굴」 전문

인간에게 "얼굴"은 매우 중요하다. 사람들은 누군가를 생각하거나 기억할 때 그의 얼굴 또는 그녀의 얼굴을 떠올리는 경우가 많다. 유성식은 "우리"의 얼굴을 이야기한다. "우리"의 얼굴은 '나'의 얼굴과 '너'의 얼굴을 통합한 '인간'의 얼굴이다. 인간의 얼굴은 "우주"에 육박하는 가치를 지닌다. 시인은 독자들에게 "얼굴 찡그리지" 말 것을 제안한다. 얼굴을 찡그린다는 것은 "우주에 주름이 잡"히는 일과 다르지 않기 때문이다. 2연 1행의 "바다"와 2연 2행의 "조각배"는 일차적으로 "우리 이마" 또는 얼굴에 위치하거나 관련된 어휘이다. 하지만 바다와 조각배는 '달'을 포함한 우주로 확장될 수 있다. 유성식의 제안처럼 인간은 우주이다. 소우주는 대우주와 상통한다.

내가 너를 그렸다

하얀 도화지 위에
혹은 낙서 가득한 담벼락에

손가락으로
혹은 금가루를 섞은 물감으로

내가 너를 그렸다

눈 코 입, 두 개의 귀
하나쯤 모자라도 좋다

슬픔도 기쁨도
돌아보면 고작 점 하나.

이 점 하나에서
너는 듣고 너는 말한다.

무덤이란 그저
그리다 지운 흔적일 뿐

지우고 또 그리면

멈추는 곳에 네가 있다.

이렇게 그리는 중일 뿐

너는 아프지 않다

아프지 않다

너는 그대로 족하다.

               — 「너를 그리는 방법」 전문

   시적 화자 '나(내)'가 주목하는 대상은 '너'이다. 이 시의 1연
과 4연은 공통적으로 "내가 너를 그렸다"라는 진술로 제시된다.
'나'가 '너'를 반복적으로 그리는 까닭은 무엇인가? '나'가 '너'를
생각하기 때문이다. '나'가 '너'를 그리워하기 때문이다. '나'가
'너'를 사랑하기 때문이다. 유성식은 2연과 3연에서 "에"의 반
복과 "으로"의 반복 그리고 "혹은"의 반복을 보여줌으로써 '너'
를 향한 '나'의 생각, 그리움, 사랑이 거짓이 아님을 입증하였다.
   '나'에게 '너'는 언젠가 "기쁨"이었고 언젠가 "슬픔"이었다. 이
제는 과거형이 되어버린 '너'는 '나'의 기억 속에서 늘 아픈 사람
이었는지도 모른다. '나'가 "너는 아프지 않다/ 아프지 않다"라
는 주술적 웅얼거림을 내뱉는 이유도 여기에 있을 게다. "너는
그대로 족하다."라는 이 시의 마무리는 "무덤" 속에 누운 '너'를
향한 '나'의 마음을 가감 없이 보여준다. 시인은 아픔과 죽음의

심연에서 솟아오르는 한 줄기 빛으로서의 존재를 형상화하였
다. '너'를 그리고 지우듯이, 또 지우고 그리듯이 삶은 아픔과 죽
음을 뛰어넘는다.

밤
깊은
커튼 틈으로 들어오는 도시의 불빛.

차갑게 식어가는
커피 한 잔.

몇 년 후면 늙어 죽을
고양이 한 마리.

그 후 늙어 죽을
주인 남자.

그 전에 부수고 다시 세울
월세 아파트.

가로등 빛이 방랑자처럼
푸르스름한 공간을 떠돌고

부모님의 영정에는

달빛이 찬다.

주인 남자가 숨을 고르면
째깍째깍 시계도 진동을 멈추고

멈춘 시간도
무엇엔가 귀를 기울인다.

아무도 듣지 못하지만
그들은 안다 그들은

고양이도 사람도

어디선가 무슨 일인가
일어나고 있다.

지구가 얼어붙듯 조금씩
그러다 한꺼번에

후회도 미련도 의미 없이
벽을 아무리 두드려도 소용없듯이.

냉장고에도 은행 계좌에도
아무 이상 없는데,

어디선가 무슨 일인가
아무도 몰래 다가오고 있다.
— 「어디선가 무슨 일인가」 전문

　현대사회의 본질을 절묘하게 포착한 시이다. "도시", "커피", "아파트", "가로등", "냉장고", "은행 계좌" 등의 어휘는 예측 불가능한 현대사회의 풍경을 구성한다. 유성식에 따르면 우리가 살아가는 도시에는 "어디선가 무슨 일인가/ 일어나고 있다." 그곳에는 "어디선가 무슨 일인가/ 아무도 몰래 다가오고 있다." 장소의 위치나 대상의 종류는 중요한 게 아니다. 반복과 변주의 미학으로 시인이 강조하려는 메시지는 무언가 발생한다는 것, 누군가 움직인다는 것. 냉장고도 이상 없고, 은행 계좌도 무탈하다. 우리가 살아가는 도시는, 사회는 또 삶은 이대로 괜찮은 걸까?

아픔을 알기 전
너는 그저 불안에 젖은
한 줌 살덩어리에 불과했다

아픔도 노래가 될 수 있음을 알고부터
너는 내 몸의 일부가 되었다.

나와 마찬가지로

아플수록

더 단단해지고

외로우면

너는 내 핏줄에 뿌리를 박고 속삭인다

이브에게 속삭였던 뱀보다 더 독하게.

그렇게 너는 자라고

나는 비우면서

일 초, 일 초

주머니 속의 시간을

발자국마다 내려놓았다.

황금의 석양이

하늘의 그림자 속에 잠들면

불꽃의 끝에 도는 얼음처럼

너는 내 슬픔도 지배하리라.

운명은 누구의 것도 아닌 것

둘이 합쳐 하나가 되는

궁극의 소실점까지,

밤의 끝에 불 피우고

너를 기다린다.

이제 너를 종양이라 부르지 않는다
내가 오롯이 품어 낸 한 덩어리 작은 우주

고운 아가,
지금 이 순간 너는
영혼보다도 나와 가깝다.
— 「내 몸에서 자라나는 그것과 함께」 전문

시적 화자 '나(내)'는 다시 한 번 '너'라는 대상에 주목한다. '너'는 "불안에 젖은/ 한 줌 살덩어리"이거나 "내 몸의 일부"이다. '너'가 살덩어리였을 때는 '나'가 "아픔을 알기 전"이고, '너'가 몸의 일부로 자리 잡았을 때는 '나'가 "아픔도 노래가 될 수 있음을 알고부터"이다. '나'에게 '너'는 때로 "아픔"이고 외로움이며 "슬픔"이지만, 이제 '나'는 '너'와 함께 "더 단단해지고", 노래 부르려고 노력한다. '너'는 "종양"이라는 이름의 위협이자 두려움이지만 '나'는 '너'를 "한 덩어리 작은 우주"로, "오롯이 품어 낸"다. 무서움으로 가다왔을 '너'를 "고운 아가"로 부르며 "영혼보다도" 가까운 친근감을 보여주는 유성식은 놀라운 인간임에 틀림없다. "운명은 누구의 것도 아닌 것"이라는 시인의 겸손한 고백이 독자들의 심금을 아름다운 노을처럼 아프게 휘젓는다.

꿈속에서 누군가 돌을 던질 것 같은

밤의 미묘한 파동

달빛으로 창백한 거실
오래 전 멈춘 뻐꾸기 시계에서
나지막한 한숨 소리 들린다

이제 그만 나가고 싶어

열어 보니 목각 뻐꾸기가 있던 자리에는
죽은 벌레와 먼지 뭉치뿐

아버지가 앉으셨던 가죽의자에도
켜켜이 먼지만이 뽀얗다.

지난 세기를 기억하고 있을
느리고 거대한 시간

그것에 짓눌려 버둥거렸는지
이부자리가 어지럽다.

나무 뻐꾸기도 창밖으로 던지면
날아갈 수 있을까

이 몸 밖에 있는 그 무엇이

나는 알고 싶다.

— 「벗어날 수 있을까」 전문

　우리는 이번 시집 서두에 배치된 「성냥팔이 소녀는 아직도 성냥을」에서 과거와 현재의 교차를, 현실과 환상의 융합을 확인하였다. 「벗어날 수 있을까」 역시 다른 영역의 조화를 보여준다. 시적 화자 '나'는 "뻐꾸기 시계"에 주목한다. '나'는 "밤의 미묘한 파동"을 느끼고 잠에서 깬다. 그 파동의 근원은 "오래 전 멈춘 뻐꾸기 시계에서" 들리는 "나지막한 한숨 소리"이다. "이제 그만 나가고 싶어"라는 극적인 한숨 소리를 표출한 대상은 무엇이었을까? 아니면 누구였을까?

　'나'는 미묘한 환청幻聽을 해소하기 위해 뻐꾸기시계의 문을 열고 "죽은 벌레와 먼지 뭉치"를 발견한다. 이미 "느리고 거대한 시간"이 속절없이 흘렀다. 고풍스러운 시계와 함께 "지난 세기를 기억하고 있을" 또 하나의 대상인 "가죽의자에도/ 켜켜이 먼지만이 뽀얗"게 쌓여있다. 생전의 "아버지가" 즐겨 "앉으셨던" 가죽의자와 아버지가 좋아하셨을 뻐꾸기시계는 덧없는 시간의 흐름 앞에서 존재의 이유를 상실한다. 간밤의 악몽에 가위눌린 '나'는 자유를 꿈꾼다. "목각 뻐꾸기" 또는 "나무 뻐꾸기"의 비상飛上은 '나'의 비상이기도 하다. 새로운 세기가 시작되고 있다.

　코흘리개 시절
　싸리 담장 너머 댕기머리와 단짝이었네.

내가 사랑한다고 했을 때
깔깔깔 웃던 그 아이
나는 꼬마 마녀라고 불렀지.

이삿짐 싸서 울며 떠나던 날
그 애는 말했네

어른이 된 후에도 알아볼 수 있도록
너를 영원히 아이로 남겨 둘 거야

수리수리 마하수리.

세월은 흘러
그 애는 어른이 됐겠지만
나는 아직 어린 아이로 남아 있네.

싸리 담장은
사라진 지 오래지만

본 듯한 얼굴이 지하철에서 스치고 나면
밤마다 칭얼거리듯 혼자 읊어보네

아브라카다브라
아브라카다브라.

효력 없는 외짝 사랑의 주술을.

— 「꼬마 마녀를 기다리는데」 전문

유성식은 과거와 현재의 간극 사이에서 시간의 힘을 경험한다. 「벗어날 수 있을까」도 그러하고 이번에 살피는 「꼬마 마녀를 기다리는데」 역시 대동소이하다. 시적 화자 '나'는 "코흘리개 시절/ 싸리 담장 너머 댕기머리와 단짝이었"다. '나'의 사랑 고백에 시원한 웃음을 건네던 "그 아이"는 "꼬마 마녀"였다. "어른이 된 후에도 알아볼 수 있도록", '나'를 "영원히 아이로 남겨 둘" 것이라며 "수리수리 마하수리"를 외쳤기 때문이다.

꼬마 마녀의 주문呪文 때문이었을까? "세월은 흘"렀지만 "나는 아직 어린 아이로 남아 있"다. 이사하는 날 울음을 보인 수십 년 전의 그 아이는 '나'를 좋아했던 것 같다. 어쩌면 사랑했는지도 모른다. 지금은 어른이 되었을 그녀가 여전히 '나'를 생각하는지는 알 수 없지만 '나'가 그녀를 그리워하고 있음은 확실하다. '나'는 그녀와 닮은 "얼굴이 지하철에서 스치고 나면/ 밤마다 칭얼거리듯 혼자", "아브라카다브라/ 아브라카다브라"를 외치고 있기 때문이다. 시인이 이야기하는 "효력 없는 외짝 사랑의 주술"은 기실 엄청난 효력을 지니고 있다. 그곳에는 진정성이 위치한다.

눈 두 개
귀 두 개

입 하나 코 하나
부리부리한 눈썹 두 개

거기서 하나를 빼 보니

나는 괴물이 되어 버렸다.

다시 다시

눈 두 개
귀 두 개
입 하나 코 하나

거기에 하나를 더해 보니
다른 모양의 괴물이 되어 버렸다.

내 얼굴인데
하나도 더할 수도 뺄 수도 없다.

결국 주름살 몇 개를 그려 넣었다.
— 「나를 창조하려다」 전문

자화상과 같은 시이다. 여기에는 시적 화자 '나'의 삶이 담겨있
다. 인생이 들어있다. '나'는 자신에게 넘치는 요소를 "빼 보니",

"괴물이 되어 버렸다."라고 고백한다. 스스로에게 만족할 수 없었던 '나'는 이번에는 자신에게 부족한 요소를 "더해 보니", "다른 모양의 괴물이 되어 버렸다."라고 토로한다. '나'는 "내 얼굴인데"도 불구하고, 자신의 삶인데도 불구하고 "하나도 더할 수도 뺄 수도 없"음을 깨닫는다. 스스로의 얼굴을, 자신의 삶을 있는 그대로 인정해야 함을 인식한 것이다. 새로운 "나를 창조하려"던 유성식은 "결국 주름살 몇 개를 그려 넣었"음을 고백한다. 이쯤에서 앞에서 살핀 「얼굴」을 소환할 수 있다. 시인은 '주름살 그려 넣기'와 '얼굴 찡그리지 말기' 사이에서의 방황이 우리들의 인생임을 보여준다.

유성식의 시 세계를 살펴보았다. 시인의 작품에는 기쁨과 슬픔이, 아픔과 죽음과 삶이 가득하다. 반복과 변주의 기법을 활용하여 우리가 살아가는 도시와 사회를 형상화하는 유성식의 시에서 각별히 주목할 수 있는 어휘로 '우주'를 꼽을 수 있다. 시인이 「얼굴」과 「내 몸에서 자라나는 그것과 함께」 등의 작품을 중심으로 '우주'를 언급한 까닭은 무엇일까?

고대 그리스의 철학자 플로티노스Plotinus는 "우리들 각자는 우주의 영혼의 일부이다Each one of us is part of the soul of the universe."라고 말한 바 있다. 플로티노스의 진술은 유성식이 「얼굴」에서 이해한 '우주'와 '인간'의 관계와 상통한다. 철학자와 시인은 대우주로서의 우주와 소우주로서의 인간이 전체와 부분의 관계로서 서로 강하게 연결되어 있음을 공통적으로 간파하고 있기 때문이다.

브라질의 소설가 파울로 코엘료Paulo Coelho는 언젠가 "당신이 무언가를 원할 때, 모든 우주는 당신이 소원을 달성할 수 있도록 돕는다When you want something, all the universe conspires in helping you to achieve it."라고 이야기하였다. 유성식은「내 몸에서 자라나는 그것과 함께」에서 '종양'을 '한 덩어리 작은 우주'로 규정하며 끌어안는데 이는 코엘료가 파악한 우주의 빛나는 속성 곧 포용력과 연결될 수 있다. 우리는 유성식의 시 세계를 반복과 변주로 빚은 우주의 상상력으로 규정하고 싶다.

시인은 이번 시집에서 시간 또는 세월에 집중하는 동시에 얼굴에 주목한다. 찰스 다윈Charles Darwin에 따르면 "감히 1시간을 낭비하는 사람은 삶의 가치를 발견하지 못하는 사람이다A man who dares to waste one hour of time has not discovered the value of life." 또한 미국의 배우이자 모델이었던 로런 버콜Lauren Bacall은 "나는 당신의 모든 삶이 당신의 얼굴에 나타난다고 생각합니다. 그리고 당신은 그것을 자랑스러워해야 합니다I think your whole life shows in your face and you should be proud of that."라고 이야기하였다. 유성식의 개성적인 시편을 읽으며 우리는 삶의 가치를 확인할 수 있었고, 삶의 궤적이 담긴 자랑스러운 얼굴의 의미를 깨닫게 되었다. 시인이여, 언제까지나 빛나는 언어의 연주를 멈추지 말기를!

유성식 시집

성냥팔이 소녀

발   행 2021년 11월 26일
지 은 이 유성식
펴 낸 이 반송림
편집디자인 김지호
펴 낸 곳 도서출판 지혜·계간시전문지 애지
기획위원 반경환 이형권
주   소 34624 대전광역시 동구 태전로 57, 2층 도서출판 지혜(삼성동)
전   화 042-625-1140
팩   스 042-627-1140
전자우편 ejisarang@hanmail.net
애지카페 cafe.daum.net/ejiliterature

ISBN : 979-11-5728-457-3 03810
값 11,000원

유성식

유성식俞盛植 시인은 1966년 서울에서 태어났고, 1992년 월간 『현대시』로 등단
했다. 서울대학교 경영학과(경영학 학사/ 석사)와 동국대학교 문화콘텐츠학과
(문학 석사)를 졸업했고, 시집으로는 『성난 꽃』(고려원, 1997), 『얼음의 여왕』(한
국문연, 2006)을 출간했으며, 현재 한국방송공사 KBS 기자로 재직하고 있다.
유성식 시인은 세 번째 시집인 『성냥팔이 소녀』에서 유년의 추억과 도시인의 사
랑, 고독을 그만의 상상력을 통해 노래하면서 삶과 죽음을 들여다 본다. 반복과
변주의 시적 기법을 활용하여 우리가 살아가는 도시와 사회를 아주 탁월하게 형
상화해낸다. 문학평론가 권온의 말대로, '우주의 상상력과 자랑스러운 얼굴'의
시세계라고 할 수가 있다.

이메일 : ssy@kbs.co.kr